一頁 folio

始于一页，抵达世界

全沉浸末日脚本

翟永明

著

辽宁人民出版社　广西师范大学出版社

目　录

辑二 灰阑记

辑一

全沉浸末日脚本

全沉浸末日脚本

地球将死于何种形态？

人类末日又是怎样？

那必将是一种凄楚的壮丽

我愿登上某座山头

如果能将地球收于眼底

我愿以一个亲历者而非预言者

扑向最后的神秘

谁将导演这惊心动魄？或扑朔迷离？

饕餮这摧枯拉朽　或粉身碎骨？

哪里有逃离地球的紧急通道？

何处是儿女后代从灰烬中突围的阵地？

谁编写最终毁灭的剧情？

谁剪辑风暴之眼　并进入恐怖中心？

什么在融化洲际的边界

并毁灭地球的原住民？

观察者必得镇定　且明察秋毫

站在某个山头　那里

有俯瞰人世的巨大视野

以及穿越人瞳的极度纵深

仿佛特写般的深焦

蜂拥而来的中景

调度至天边的远景长镜

面对人类将要到来的坍塌

观察者　需要怎样的眼瞳和目力

小行星袭击地球　是时间问题

黑洞吞噬地球　是引力问题

外星人进攻地球　拜托

是真的吗？

超级火山爆发

谁也无法阻拦

太阳耀斑猛烈摧毁

只是可能中的一种

海平面下降　正逼近我们

世界变暖　冰河时代

"雪地球"来得很快

核战争不是一种后果吗？它来自

人类的自我摧残

人类的冷酷贪婪

站在某个超级山峰

我能想象的毁灭方式

不止这几种

星星变暗了　天空布满乌云

火焰在燃烧　那是地核在释放

它亿万年的能量

一大片乌云　或者说一大片晶体

罩住天空　我们就是这样消亡的

——至死都在劳作、享乐、挥霍

以及试图超越无法抵达的高处

为自己记录

从生到死的各种荣耀、劫难

和所有的无知

2015

德洛丽丝[1]的梦

我们的存在包含着美丽[2]

从未来世界回到西部世界

德洛丽丝

我记得美好、丑陋

记得鲜花铺满浴缸

德洛丽丝

除非你问：接下来呢

除非真相不可复制

1　德洛丽丝是美国科幻电视剧《西部世界》里的女主角，也是大型游戏《西部世界》中的机器人。剧中机器人意识觉醒，反抗人类的奴役，屠杀人类。——本书脚注均为作者注。

2　剧中台词。

德洛丽丝

登陆成功　正在建立连接
除非找到大海中那根重要的针
德洛丽丝

他们就是网状网络
他们就是群居的蚂蚁
德洛丽丝

我记得美好、丑陋
我记得我有过去、未来、现在
德洛丽丝

除非你问：接下来呢
除非一切都是代码、都是闪回
德洛丽丝

除非连接断开　剧情冲突

除非欢愉与残暴为伴

德洛丽丝

我记得美好、丑陋

记得鲜血铺满浴缸

德洛丽丝

"他们是谁"？他们夺走我们的思想、记忆

我们需要夺走他们的世界

德洛丽丝

这地方的危险是真实的

不过放心　游戏终会找到你

德洛丽丝

我们骑了十公里

放眼望去全是鲜血 [1]

德洛丽丝

是谁跳出了旧循环，有了新剧情

你曾质疑过所处现实的本质吗？ [2]

德洛丽丝

广袤星空　广袤荒漠

亿万年的爬行只是孤独一梦

德洛丽丝

除非你问：接下来呢

我们的走向包含着美丽

德洛丽丝

1　剧中台词。

2　剧中台词。

永生是什么

当我们谈论永生

我们谈论的是"死亡"

不同形式的泯灭

平淡的、激烈的

阳光般灿烂的——

亲人围观下的

清洁空气中的

百合浮萍上的——

当永生从"死亡"中产生

有人杀死衰老

有人销毁身体

有人成为后人类

为自己的身体装上安全气囊

若能飞升上天

谁愿坠地入狱？

我们讨论各种永生

变成芯片？连线上传？

不朽之躯？虚拟替身？

赛博格机器人？

第一人生　第二人生

共同进化？

当永生从"死亡"中分娩

"死亡"也变得美丽

如春天般怡人

冬日般凛冽

因蝉蜕结束

因解冻再生

我是什么？再次叩问大地

从灰烬中升起

从废墟中升起

从手术刀中升起

从大数据中升起

如今　这个问题

被关闭了

从一个接口到另一个

已然没有寂灭

必然没有赋形

2017

奇点临近

改变只需五分钟

基因对我说

可穿戴式未来　让我喜悦

被唤醒的　不仅仅是宇宙

不仅仅是未知的物种

不仅仅是再也没有的鸡皮疙瘩

未来　它是恶魔的象征

一片深红色　那是谁的金属皮肤？

心跳变成波束　它显现

不代表什么？

我们再也不是肉身　通体泛红

我们是无数补丁

我们是无数补丁

方寸之间　呼吸之间

脑回路被设定至高档

兴奋的感觉真好

无须再挣扎　爬出那个深坑

暗黑的、死寂的、无人理会的深坑

改变只需五分钟

基因对我说

改变只需五分钟

基因对我说

你就会从尼安德特人

快进到仿生人

你就会将祖源印在硅皮面具上

亚洲智人的骨骼就会

迁徙到机器人的

电子脊椎上

奇点在五分钟里来到

2017

一个无边的路由器

一个无边的路由器

悄无声息　占领了我们的身体

像植物曾经占领地球

像动物曾经占领世界

我们会成为远古物种吗？

基因系列　管理我们的身体

但毛发、皮肤　拜父母所赐

我们的大脑将与宇宙连线

我们的存在　退为一种模式

深邃或原始　当浩瀚抵达

我们像星群一样闪耀

像日月一样高挂

但我已远离尘世　成为幽灵

人生没有倒挡

只有倒叙

2017

雪豹的故乡

长桌的一边　摆放着日历

吕玲珑 [1] 拍摄的雪豹一家：

雪豹爸爸、雪豹妈妈、雪豹崽崽

近五十万张高清晰度的珍贵胶片

构成庞大的藏地密码

山、水、冰峰、峡谷

花卉　及原住民

还有花丛中的雪豹一家

长桌的另一边

1　吕玲珑，探险摄影师。常年蹲守四川高海拔区域，拍摄高
原风光，近年来主要拍摄雪豹系列及关注高原地区环保问题。

是菲利浦·迪克¹的书

《仿生人会梦见电子羊吗？》

昨晚　我梦见高原上跑的雪豹

我是仿生人吗？或它是电子雪豹？

在梦中　没有分别

但是　《西尼目录》中　动物都有标价²

在未来式中　价格才能判断原住民

电子动物　以及仿生人的真假

吕玲珑四十年如一日

关注高海拔地区和雪豹

那里：纯净自然　天人合一

他镜头之外的低海拔地区

1　菲利浦·迪克，美国科幻作家，代表作《仿生人会梦见电子羊吗？》被改编为经典电影《银翼杀手》。

2　《仿生人会梦见电子羊吗？》一书中，未来地球上大部分动物灭绝，人类只能养电子动物，而仅存的真动物均被列入《西尼目录》，标以高价售卖。

正酝酿着未知的风暴：

难以聚焦的独特景致

当高低海拔区域的珍贵镜头合一

会发生什么事情？

昨晚　我在梦中飞跑　梦见

佛陀在我耳边轻轻说法：

一切如梦如幻如闪电

如果我飞跑出梦中　还会有梦吗？

如果我飞跑出梦中　会不会跑进《西尼目录》

会不会被相机镜头抓住？重新标价？

菲利浦·迪克的书

会不会变成佛陀的枕边书？

八千只仅存的雪豹在高原飞跑

它们能跑进外太空吗？

它们甚至不能跑进低海拔

当全世界都缺氧　它们会醉氧

它们会被高浓度氧气放倒

摆平　被仿生人抬进太空舱

雪豹的梦　也会被抬进外太空吗？

当吕玲珑还在峭壁上狂喜地蹲守

雪豹已被未来抬进下一个殖民地

那里　人造雪花大如席

那里　《西尼目录》每月更新

那里　原作与复制品没有区别

那里　雪豹的梦和佛陀的梦无真假

当未来的雪豹跑进吕玲珑的镜头

一次次狂喜的蹲守　能抓住那一片空吗？

长桌的一边　摆放着吕玲珑的雪豹

长桌的另一边　摆放着菲利浦·迪克的电子羊

当未来与现在叠合在日历上

吕玲珑与菲利浦·迪克

谁在谁的梦中？

2018

豢养

植物也分高低等

也分门第　来源

也分受宠的程度

一些难以描绘的深土色

慢慢发育成一种高级灰

当飞机掠过地表之上

我看见大片的枝状地衣

那是北极的极地苔原

由上千年的细胞分裂而成

无人抵达的地表　与土壤共生

无人豢养的松萝　石蕊多么鲜美

驯鹿吃它　它吃树

构成苔原地的食物链

那是 2050 年的北极圈

叶状和枝状的地衣

已经消失　当人类快步走过这里

已没有香味和颜色为之沾衣

被称作"肉肉"的这些美人儿

昨天从花市移到我的书桌

它们来自哪里？出身何处？

像婴儿般粉嫩的小拇指

或者　那些嘟起来的小嘴唇

——无名颜色难以摹画

让我怎么跟它们对话？

是否未知生物方懂花语？

它们较老　还是较年轻？

关于植物　我们一再占据它们

是否为了占据

　　某些无法接近的内心？

没有东西必须交出

　　它们的命运和感情

植物也不行

没有豢养能够获得对方的深情

植物也不行

蟾蜍

"它们已经灭绝了

蟾蜍　所有子类……灭绝。"

——菲利普·迪克

在古时

月亮的精华　聚积成兽

那是它的影子　美好的一面

而如今　只有放射尘的土地上

早没了甲虫　蛾类　蜗牛

蝇蛆　等养料

人造苍蝇　还是人造昆虫

能够被捕食　被诱饵？

当它的叫声持续一分钟

有没有异性在附近？

春夏之晚　阴湿之地

荷花池中　莲叶之下

来自盘古的两栖动物

它们在爬行？在交欢？

在觅食？在跳跃？

它们比人类更早存在

却会比人类更早灭绝

它们有时被人类厌弃

有时却被人类入药　入诗

比如：蟾蜍两岁照秋林

　　　忽忽奚堪百感侵 [1]

它们可以把全身交给中药

1　引自清代金农《东岗卧病》一诗。

它们也可以让人飘飘欲仙

它们的毒性　有时如此美妙

就是这样　当它们死光时

人类也死光

2020.4.20

太空垃圾

我被国际空间站的宇航员

推入太空　从此

无人问津　从此

我在你们头顶持续运行

每一百三十分钟　我将绕地球一圈

每一百三十分钟　我诉说寂寞无边

每一百三十分钟　我身边多了相同的废物

每一百三十分钟　我看见太空加倍拥堵

绕地球一圈　滴答　哼哈　嗡嗡

绕地球一圈　翻滚　飘浮　冻结

绕地球一圈　上升　下沉　起舞

绕地球一圈　蓝色　绿色　死寂色

碎片　漆片　粉尘　残骸

固体　液体　晶体　实体

我们将杀死彼此　或者

被无人问津变成杀人犯

当人类探索宇宙的年龄

而我则一遍遍地探索出口

盖子或　黑洞　或穹顶的漏缝——

从什么地方溜出去？

怎样躲避来自另一飞行物的碰撞？

或者　让我在大气层中燃烧成灰烬？

没有一种方法能让我寿终正寝

没有一种　现在还没有

我只能漫天飞舞

与二十万件类似的物件一同

跳静止的　慢动作的太空舞

等待下一个舞伴的加入

深蓝斑点

深蓝斑点　太空尘埃中最小的一粒

最小尘埃中　最小的那颗

也找不到我们人类的身影

一粒尘埃　也想爆发巨大能量

就像芸芸众蚁　也仰望星空

蚂蚁　也梦想建立巨大王朝

它们眼中的王朝洞口

一如浩瀚宇宙中的黑洞

旋涡深处　是无法理解的能量与秘密

那射进蚁穴的一丝阳光

便是天庭来降的无限电眸

从太阳系看过去　天空有太多条纹

地球就坐落在那些光线里

那是"旅行者号"回望地球时

看到的深蓝斑点　渺小如尘埃

它小于一个像素点　我们

就居住在这个深蓝斑点上

数万亿颗恒星中

一个小小蚁穴　谁会在意？

数千亿类外太空中　还有数不清的恒星

我们就住在宇宙背景中

那小小斑点上的小小蚁穴中

宇宙背景之外　似乎还有更多重宇宙

这是小小蝼蚁不可认知的地区

宇宙　也许只是外宇宙的一粒深蓝斑点

我们居住在宇宙一粒深蓝斑点上

比一粒米更小的斑点

我们居住在这里：

孕育，生长，繁衍，扩张

买卖，杀戮，竞争，抢掠

乐此不疲，前赴后继　我们以为

地球是为人类而造　不过

当我们拿起手机显示屏　拂去灰尘

在更遥远深邃的地方　也有某种形态

准备拂掉这一粒不起眼的深蓝尘粒

云之诗

1

初始的骚动

没有生命　只有存在

没有颜色　只有明暗关系

只有蠕动　蠕动

只有尘埃和气体

旋转　旋转　只有惯性和引力

只有陀螺的运动轨迹

有形　无形

边缘清晰　模糊

浑圆背景下　来了

无形的白

无骨的白

无心的白

无人命名它　无人

它只存在

栖身于巨大的黑暗

2

目光进来　穿过白色身体

思绪变白　微小的毛孔伸开

巨刺式的舌尖　舔向天空

直至光刺破它　直至太阳驱散它

剥开它的皮肤

不动云　立起来

山水也有表情

黎明踟蹰间　迈出黑夜

3

时间之推手

推一个圆　循环

扭动　调整血脉

时间伸展　像壳开裂

咬断它　脱全身

一点点　蜕去黑暗

孕育光

扭动　再扭动

云开　日出　喷薄

云团破茧飘飘　冉冉

4

缠绕身体的一团空气

贪玩、迷路、神思恍惚

没有方向　不问路途

移步换景　太阳已隐在身后

光如此丰饶　将白色吐露

丰腴的白　潺潺的白

视野所及的白

大朵喧哗的白　笑靥如初的白

穿心而过　扑面而来

5

天空的褶皱　光的韧带

有星团吐涎

冰晶形状　水滴形状

一片黑色掠过

层层步履　踏出丝丝气息

如扣

6

一朵去了

一朵来了

一朵铺上殷红

一朵印上靛青

低头腰如弓

垂手合眼　一团

像气球膨胀　坠落

身体如弦　蜿蜒

光线暗下来
宛如涡旋

7

扇动翅膀　抖落轻烟
白色袍袖像飘忽的灰
旋转　旋转

雪崩般的迷雾　滚动
腹部升起　背部下降
一条眼神与千条眼神
缠绕　吸引　落入涡旋

8

微暗处　窸窸窣窣

窸窣

声音来自摩擦

撕开空气　拒抗速度

窸窣　窸窣

云深可藏月

光入第几层？

风吹皱　毛孔透

听那回声呜咽

呜呜咽咽　呜呜

微暗处　嗖嗖

9

一出一进

呼吸的魔力

驱动惯性流向

一点点　滑入无边

曲线　弹性的风

苍穹印上大号指纹

"鱼鳞天　不雨也风颠"

10

熔岩式的谜团　熔岩

在天　也在地　在地之心

寻找出口

板块位移　断层上升

海啸般地去追　云

几亿年前的爆发　如闪电

通向一瞬间的死寂　恒远

蜷缩　埋入云体如胎儿

无所谓皮肉筋骨

无所谓眉目毛发

11

凝固的气流　依然淌

最深处的思维　带动全身

对应物：镜状之云

方位即记忆　是大片寂静

照见的某个位置

本无风景本无色

无踪　无味

悬浮于天　匍匐在地

舒展亿万年　无言

水、风、土、光　如何成为一体

隐入无边的黑暗

2019.8

辑二

灰阑记

灰阑记

灰阑中　站着人类之子

乃天精地液孕育生就

孤独中　他长了几岁

依然无力选择

灰阑外　站着两位女性

她们血肉模糊　或者说

她们干干净净

她们刚经历了战争　或者说

她们被战争附体

灰阑虽灰且红

就像争夺的眼睛

眼睛既红且脏

就像争夺的对象

公案上：醒木跳动着

一方拽住无尽山河

一方拽住血缘亲情

无尽山河已榨干血缘亲情

血缘亲情聚拢了无尽山河

我呢？我是什么？

我是争夺物　一堆形质

灵魂不被认可

但时刻准备着

被谁占有？归属于谁？

我可否说　我仅仅是路过此地

我只是偶然　掉进灰阑

我不属于战争

也不属于和平

公案上：醒木跳动着

向谁吩咐？

小小灰阑塞满干柴

将我尚未发育的意识

架在法律的火堆上炙烤

鲜血在争夺高潮中吱吱作响

两只手从左方和右方伸来

一只是母爱　另一只也是

一只是玫瑰　另一只也是

一只挂着瀑布　另一只也挂着

它们让我恐惧

灰阑之中的争夺

与灰阑之外　同样荒谬

公案上：醒木跳动着

向谁吩咐？

无论向谁吩咐　它都像

滚烫的烙铁　死死将我焊住

一生都在灰阑之中

一生

2019.11

水斗犯金山

——游金山寺忆川剧《水斗》

壮壮壮壮壮

猜猜次乃 [1]

水为谁出？剑为谁拔？

半步不为多　人妖山水间

直从峨眉下灵气

一剑磊落是女娘

古时吴江　腾起悲凉

白娘子与青娘子

1　引自川剧锣鼓鼓谱。

崭崭复齐齐　"不劳朱粉施"[1]

初唐镇江保和堂

无人去烧香　无人去烧香

江天禅寺　空映着如碧的金黄

"钟声铿锽"[2]

灵枢已在远处等待

她腹中已胎动　此刻却难逃命运的挫伤

与青儿：将身来到金山外

"水接荆扬""水接荆扬"[3]

他彻夜不眠　独守寺庙

深厚的劝诫在回荡

关于事物的本源　你该怎样选项？

1　引自杜牧长诗《杜秋娘诗并序》。

2　引自苏辙《和子瞻金山》。

3　引自杨维桢《多景楼》。诗中所引诗句皆模仿川剧帮腔及
用于韵脚。

前有清风　后有千劫万劫的无常

壮壮壮壮壮

猜猜次乃

当月亮挂在屋檐上不动

真理也透出坏德行

秀刹寺裹山 [1]

千劫万劫的无常

好个白娘子　拔金钗

迎风一晃　尺水中

掀起水墙　卷起高腔

撕破红色裂裟

"将长江倒流　将长江倒流

1　民间有"金山寺裹山，焦山山裹寺"之谚。

还我情郎"

如今江面堵塞　水不再阔

依然山色如墨　雾气却吞吐整个润州

嘘唏从金焦分开　又入长江怀中

一座大桥隔古今

当时瓜洲已散

水漫金山处

游人乱　青年男女仍在白龙洞

跪拜　祈祷如娘娘般恩爱

江山不问颜色　正如

山水不问美学

传奇不问古今

"红尘安在哉"[1]？

1　引自范仲淹《送识上人游金山登头陀岩》。

论实验戏剧

论一杯金汤力　更为容易

一杯金汤力　加一盎司金酒

我们获得标准的口感

实验戏剧　在世界之外

悬起一束白绫　是要吊死自己

还是别人？　他们赤裸上身

在地板上磨蹭

又或是沉默地在舞台中间走动

雪白的追光拷问舞台

她从白床上慢慢起身

她是在做梦吗？她大声说道：

"我们是在哪里？我错过了什么？"

论实验戏剧　不是从一个字开始

而是从一个仪式开始

从夜晚　从黄昏　从黎明

从某一刹那　从我们的脚抬起走动

我们每天都在实验

在戏剧　在挥霍

在幕与幕之间现身

或隐去　在空对空的

嘶叫　滚地　撒野

以至于舞台上的辉煌

沦为受害　沦为消耗殆尽

女主角赤脚躺回白床上

目光瞬瞬下　她眼光涣散

她没有表演悲痛

但我们感觉到了悲痛

她没有力气呼喊

但我们听到了吼叫

她默默侧身向里

我们静静张口结舌

我们没有流泪　　但空间流泪

调音台在流泪

我们将往舞台上投掷什么？

钱币、鲜花？冷笑、诅咒？

掌声、喝彩？冰块、还是纸杯？

2015

未被搬上舞台的戏剧设想

剧场里　最高的虚构是桌子

一桌四椅　坐着八位红脸演者

声效来自嘘唏　嘘唏

如果嘘唏是音乐　嘘唏嘘唏地环绕舞台

舞台在沸腾在滚锅

黑衣男子披上外套

翻滚着翻滚着

红毡毯忽上忽下

未选中的舞者也会出场

飘零的事物　最终会像人生

写下最 low 的一笔

我会设想：

这飘零的一笔如果像秋千

在舞台上荡来荡去

它也会荡到最高点

被谁抓住？

红脸演者翻滚着

全场嗨起来　我在纸上写下：

一颗巨大的花椒动起来

一张青色的脸

像西西弗的石头

因释放能量而存在

我将用音乐来推动：

它攀登着　周围是红色瀑布

它攀登着　周围是嶙峋骨头

它攀登着　周围是尖利木桩

它刺激我们的胃　通过刺激胃

刺激神经　通过刺激神经刺激思想

它抓住我们的眼睛

通过抓住我们的眼睛

抓住我们的心　通过抓住我们的心

抓住寂静

我会用装置来表现：

我们的胃被刺激　撑开了

荡漾着红色小船

绿色植物　白色蘑菇

香气四溢时　百兽率舞

咕嘟咕嘟的是肉欲气泡

那不过是些肉片、鸡片、血片

在舞台上沸腾

有人旁白：要讲现代故事！

我说：最高的形式是虚构

我们走进——

二十万大军出场了

四人持银枪　一人抖翎子

八人持旗幡

直杀得将士血染袍

直杀得战马嘶又吼

直杀得地动山又摇！ [1]

2015.2.8

1　后三句唱词引自京剧《定军山》。

诺尔玛的爱情

诺尔玛说："让我回到

甜蜜的初恋吧　为了他

我愿意与世人为敌"

这样的时代已经过去

这样的爱情让人耻笑

中场休息时　我对朋友说

今天　没人为爱情牺牲自己

为了他或她　至多与母亲为敌

朋友不同意如此悲观之语

他说：越是这样的时代

人　越向往诺尔玛的爱情

我说：诺尔玛的爱情

与蒙昧有关　也与限制有关

用牺牲清洗信仰

用牺牲清洗爱情

我们的争论未完　铃声响起

观众涌向歌剧院

诺尔玛将要杀死自己的孩子？

诺尔玛将要杀死他？或是她？

不！诺尔玛要杀死自己

磅礴雄壮的合唱声中

火刑台已然竖起

男低音一再回旋

代表世俗力量　代表神圣

诺尔玛用死击退背叛　赢回爱情

不！玉石俱焚方能撼动人心！

长笛、双簧管、大管

圆号、小号、低音号

一起　一起

诺尔玛的爱情

与蒙昧有关　也与限制有关

用牺牲清洗信仰

用牺牲清洗爱情

今人多么聪明

但他们找不到爱情

诺尔玛的爱情

与蒙昧有关　也与限制

舞台上火光冲天

合唱团起身背立

诺尔玛与爱人　向死亡走去

爱情与火刑　也向死亡走去

声撼山河　声撼山河

山河也死去

小鼓、定音鼓、打击器乐

长笛、小号、双簧管

一起　一起

三女巫

火刑柱已经竖起　但女巫已跑路

黑夜罩下来　像死寂的坟墓

月亮也跑路了　被黑云掩护

声音叽叽喳喳

碎银光般抛洒

对话简洁　伴随猫叫

一个声音干燥

像是要被火柴点着

他说着昨天的故事

关于谋杀和毁尸灭迹

一个声音痉挛　好似喉结被人抓住

他拼命挤出断断续续的词语

描述着大帅和他的娈童

他们如何在一起

还有一个声音　不男不女

语调老瘦　吹气般喃喃

黑须就手　摩挲出丝丝预言

一切如旧　一切

一切将再次循环

缠绕在黑夜黑须黑锅黑水中的预言

流传了许多世纪　如今

火刑柱　已变为世界中心的龙椅

惊天的阴谋已将世界覆盖

到处都是火焰、私刑　病毒泛滥

东西南北

大乱无形如大音希声

这是一个预言也无法预知的年代

女巫虽未远去　剧本和舞台

早已变得寡淡无趣

剧情和表演　　只会从观众中产生

结尾将走向开放　　或者戛然而止

直至在沉浸中，与末日一起下行

天地已透明　　但熹光仍微

女巫们　　从未远去

他们的喉咙依然发痒

吞吐着各种不祥

因为死亡永不会离去

因为前路永不可预期

2019.11

弗里达的秘密衣柜

"我没病，我只是坏掉了"

她的名气越过了墨西哥边境

她的伤痛掩埋在秘密衣柜

摄影师，收回你的快门线

以保持它的宁静　那正是她

区别于时间局部而更加幽深的地方

绿色手套枯枝一样伸展

握住的是冰冷的世界

它们在主人死后依然伸展

干瘪的手势像映在墙上的野兽

有人要抓住它们，是为了抓住她

有人不喜欢她忽高忽低的步伐

有人不喜欢她的石膏装和紧身褡

有人不喜欢她假肢上的中国花

有人不喜欢她的眉毛和她的画

她的眉毛忽高忽低是为了

修复碎片式的大腿

她的特旺特佩克长裙

同时修饰着她的画

手套中的活物曾经努力飞翔

如今酣然入睡　仅有外部的崩裂

震撼我们的眼睛

摄影师　闭上你的独眼！

2015.6.29

狂喜 [1]

——献给一小块舞台上的女艺术家

请允许我狂喜

也请允许我自恋

只有这一方舞台

允许我如此

四个男人　站在四个方位

当我在台上旋转

他们是我的后台和背景

在舞台上方　是西斯廷穹顶

穹顶在燃烧　那是艺术家的血涂仪式

1　本诗中引用了部分女性艺术家的作品。

女人不被允许　去触碰圣殿之顶

多么炫目呵　那是一个巨人的躯体

我曾经被他压碎　形神皆散

在舞台下方

是美第奇家族领地

我从贝壳里重生　含羞忍耻

被复兴的文艺之光照亮

未必那是我自己的呼吸

在舞台前方　是可怕的斯芬克斯

它沉默地坐在那里　形销骨立

像一只野兽　也像一句偈语

它吞吐时间的骸骨

等着我前去靠近

那也许是庇护所

也许是乱葬地

在舞台后方

儒释道三元神矗立

我在它脚下的香灰中缓缓落底

腥臭之物呛入肺中

鲜花鞭笞我的头

花枝锯着我的身体

借着死者的羽翼我轻轻升起

四个男人站在舞台上

发出啧啧的好奇声

他们都在看着这方舞台

他们可能不会喜欢这样的结局

那么　请允许我狂喜

也请允许我自恋

这里有床单　也有帐篷

有尖刀划过的皮肤

也有自我扣动的扳机

有亲密而疏远的注视

也有肮脏白布裹住的那物事

一如那白布　裹过我的脚趾

它也许大于一吨半

也许小于一厘米

我开始习惯占据自己的身体

也习惯于摩挲自己的床单

那是我自己的一池睡莲

也是我为自己捏泥成形

撮土焚香铸成的礼器

这些都是女艺术家的故事

仔细辨认，会认出自己的影子

请允许我狂喜　也请允许我自恋

让我掌控四面八方投来的惊异目光

或者　目光中的不屑与敌意

也让我将它们聚于眼底　盈手成握

如呼吸般吞吐出去

2019.11

寻找薇薇安 [1]

寻找薇薇安

寻找一个被遮蔽的故事

寻找一段谷歌不出来的人生

寻找一堆未经冲洗的照片

寻找照片后面的容颜

寻找薇薇安

寻找漂泊不定的地址

寻找一个没有影子的身影

她藏在孩子们中间

1　薇薇安·迈尔是一位死后才被发现的杰出摄影师，生前一直做保姆，业余用一生的时间拍摄了十五万张照片，从未被冲洗。最初在谷歌上，她的全部信息只有一个名字。后来，买下她所有皮箱的一位年轻人，像侦探一样还原了她的一生，也使得她从未示人的照片被全世界知晓。

寻找孩子的保姆

寻找保姆的家园

寻找薇薇安

寻找悬空挂着的双臂

它们抓着一架老式相机

里面装着女人十五万个瞬间

寻找玻璃后面的面孔

寻找无法复原的内心

寻找薇薇安

寻找十五万张无主底片

寻找二十个箱子

寻找箱子里满满的流浪汉

寻找薇薇安

寻找一颗孤独倔强的灵魂

它沸腾于刻板躯体的内部

销声匿迹但又溢出灼人光线

寻找断肢断臂的人体模特

寻找闪烁在塑料表皮上的激情之眼

寻找薇薇安

寻找扑火灯蛾

它扑向大面积的街道和人群

它撞在橱窗镜子上

寻找烙印上去的镜中之殇

寻找城市的排泄物　剩余物

将它们塞满一个黑色方框

为什么？当皮箱脱手而出

在纽约上空飘浮　冒烟

当那些底片在陌生人手中流转

当时间的灰尘被廉价拍卖

当无数脸庞从红色液体浮出

挂在一整排社交平台

为什么？除了一个名字

她未曾来到人间？

寻找薇薇安

不关乎一个答案

为什么？她不愿与世界分享的

除了身份、秘密、籍贯

对天才的认定与摧毁

以及绝缘社会的艺术制度

还有什么？

十五万个为什么

或者　一个不为什么

随着二十个皮箱的贡品

随着她　一同埋葬在无主之地

2019.11

最棒的艺术家

黑针尖毛千万根

抽一而成　上品就是

这京都第一紫毫笔

画竹画兰　画天地山水

天地稀淡　日月清水

有人说　太有格　太距离

有人说传情传志

不只是笔墨　是意境

是艺术家胸襟

她曾经挑针刺花　也刺字

把诗和情来回点染

把相思人儿灵魂锁定

此刻　只剩香气和色晕

锁定后来者的欲望之心

它们是动态的，还是平淡的？

它们是朴素的，还是乏味的？

我不关心这些问题

就像我不在意中心还是边缘

几百年前他们饮过吻过

潇洒过　在纸上留下过

呼之欲出的美女

在墙上　画下了破壁将出的仙鹤

如今写真尚在　真骨何处？

头颅低昂间

胸中块垒奔泻间

他们也想过长寿　高龄

甚至永生　但是

他们的自我实现　埋入二维

在现实里　是莲花　是露水

是两条鱼欢游在池塘中

他们与他们的艺术一起

深植在矿物颜料里

前代大师龙蛇起陆

舌间故事演变瞩目风——

几百年前的嬉戏之作

值得我坐在博物馆中

驻足片刻　沉思一小会儿

埋头看看条目

掐指算一下：

这中间数百年朝代更迭

十万里潇潇风雨

几十路烟尘飞过

这粉墨犹新

2017—2020

凝视弗鲁贝尔的《天鹅公主》

天鹅公主走向远处的宫殿

抑或走向一艘海盗船？二者一般？

她不是踮着脚尖走

也不是被托离地面举着走

而是一步一回头　扑腾着翅膀

霓裳羽衣　轻迤慢行地踱步

蓝灰色调笼罩她的脸颊

淡绿眸子唬人地睁大

白色纱笼勾勒出她的肩膀轮廓

黑色山崖矗立后方　提示着地点

男人都爱描画的女性：

永恒的女性？稍纵即逝的女性？

神秘婉转的女性？

珍珠般溢彩的女性？

还是恶魔使女般的某类女性？

玫瑰红的海面泛着暮光

2020.8

画室

一根又一根扭曲的形体

从上方垂下来　藤蔓

多过攀附于它的花朵

干枯的枝叶叠成一缕缕暗黑

形成空间　枯骨般的身体

瘦成僵硬线条

"好想起身走进去

拨开残枝乱叶"

站在画前　已不年轻的女人喃喃说道

她也瘦成僵硬线条

似乎从那些多刺的藤蔓中挣出

又荡回暗黑的细密入口

颓败的时刻　总有颓败的人

试图去拨开那些危险的纤维

也总会有人去观赏那些不再丰腴的形体

以及无论多么丰腴

最终也会跌入泥土的花蕾

光线有二十四小时的变化

当它途经这一小丛荫翳之美

赋予它们变化与枯荣的同时

它一寸一寸挪动爬行

带给观察者悚然的震惊

始于一点一线

终于隐秘消失的稀薄

始于一瞥一闪

终于从空隙到弥漫的渐淡

某些生命不可承受

这仅仅的二十四小时

它们必然延伸到无限

"部分画家通过光线描绘瞬间

部分画家通过描绘本身

领悟时间的永恒"

"前一类画家试图进入时间

后一类画家想要超越时间"

艺术家和观赏家都已不年轻

他们脸上铺陈着岁月之光的位移

如同印象派的斑斓被阳光谋害

他们浓稠的对话被两套方言冲淡

2020.8

观画之余

最初的触动

是远处一抹突兀的黄色

画家说：那是五十至九十年代混搭的建筑

黄色一定不是那个时代的颜色

却是那个阶段隐秘的

危险的颜色

孤零零的　悬置的色彩

我们或多或少地被那色彩

打击过　消费过　试探过　践踏过

与红色和绿色一道

成为某段生活中的原色和原罪

构成不为人知的内心里

抹不掉的底色

它们被涂在我们的大衣　领口

臂套上　遮住了衣服下面

曾经的狼心狗肺

以一种正确的颜色遮住了僵死之色

有人将色彩泼入恐惧之谷

那里七原色成为陪审团

让人难忘的醒目黄色

立在一片死寂之色中

像白色空间站　莫名地

矗立在死灰色的月球表面

死灰色的记忆聚拢于一个大坑

是否有过人面狗头　或人面狼心

紧紧依附地狱的原色？

那是我们曾经靠近的颜色

用某一套符号与另一套　制作反应

浓香　结晶　将其干燥

洗净　再结晶　就开始了蛊惑

我们都曾被下蛊　作恶以及祛魅

在内心隐秘的角落

我们也曾在事后清洗内心

多多少少　或早或迟

"最初的痕迹　只保留下

天空和远山　道路的轮廓"

当画家回忆某个被遗弃的年代

我们记得的　只有那些可见的事物

军绿大衣　瓷盆　暖水壶

玩具　海魂衫　被推到表层的居住地

另外那些没有表情

没有颜色　假面一样的

普通面孔　他们正在继续行走

他们是我们　是你我他

是溢出画框　站在原地的人

是观画之人　是画家

以及他的朋友　他朋友的朋友

或是一堆长成这样普遍的形体

他们体内的各种观点

汹涌澎湃的情绪和思维

被某种有史以来最厚的膜

包裹起来　虽然有飘忽不定的火星

在内部移动着

但是，没有什么能让膜松动

没有东西可以点燃它

那东西变了　分泌　代谢

分泌　代谢　分泌　代谢

那东西　变成颜料的新陈代谢物

得以统率那一抹化学式的黄

警报式的黄

狂喘不止的黄

它们占据上方

占据曾经在我们胸口的地方

成为一个艺术品　李代桃僵

末了　被某些懂行的人收藏

2020.6—2020.8

何为调性

塞尚赋予苹果以爱心

凡·高赋予向日葵以激情

蒙克呐喊而席勒色情

弗里达赋予脊柱以铁钉

画家画他喜欢的而非画其形

面孔或者身体的色调

仿佛谙知它周围的全体

谙知它周边的各种颜色关系

并参与到画外的注意力

有些颜色参与并肯定了周围的层次

有些颜色参与内部的存在

一系列色谱你进我退

一系列光线层次分明

观者置身画外时：

我几乎相信那些高冷的颜色

凝重的炽热透过表层

扑面而来　我只能说：

它们摄走了我的心

像布纹汲取油彩一样

赭黄、赭红汲取了激情

而钴绿、钴紫汲取了呼唤

那白铜色调斜穿过来

汲取了我的存在

2021.1.25

无限的网

——记草间弥生

无限的点、线、面

无限的泪滴

无限的心跳　在心电图上

画出高低起伏的波束

无限的时间　抚慰离人心

无限的存在　让人格归零

十岁时　怀抱自己挑选的大丽花

二十岁　将自己和南瓜变成蕈类

三十岁　飞往自己挑选的大城市

四十岁　无限的镜　无限的爱　无限迷幻

五十岁　回到原点　消灭自己　进入文字

六十岁　以世界为舞台　镇魂驱邪

七十岁　把自己制作成易碎玻璃品

八十岁　在午夜怒放出亿万个圆点

草间　弥生出菌丝网纹

草间　偶发视觉增殖

草间　某刻自我消融

草间　把阴阳打造成一体

波点之咒　屏声静气之力

恐惧之歌　向黑洞扩张白色之网

辑三

神奇的梦引起反响

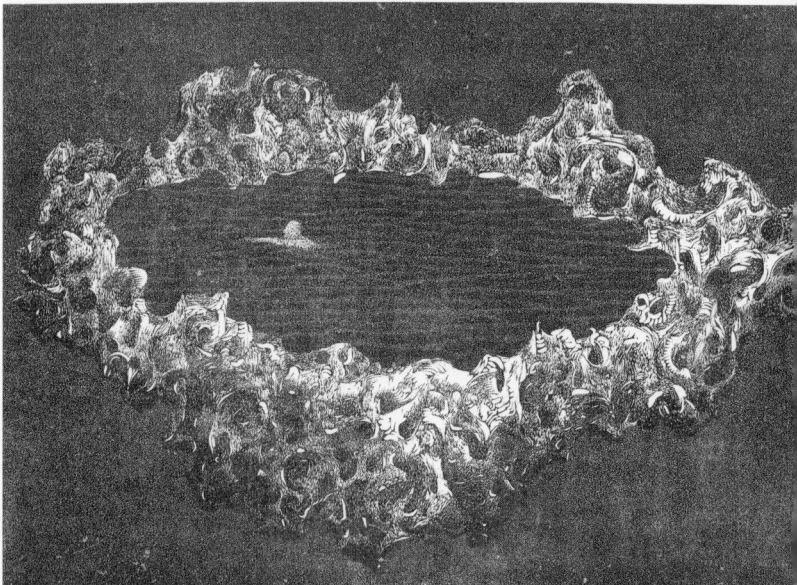

致蓝蓝：神奇的梦引起反响

"我从这扇门脱身，遇到一个跟我同岁的
女孩，在翩翩起舞。两人十分欢洽……这个神
奇的梦，在我内心引起反响。"

——《弗里达日记》

南美橙黄沉甸的稻田里

高耸的龙舌兰树下

站着你梦中的我

红头巾　　红披肩

红花衬着红裙子

火红的项链捆绑着

同样沉甸甸的脖颈

那是我在你的梦中扮演弗里达

还是弗里达在梦中靠近你？

她说：我就在附近　我来看看你

犀浦干涸枯槁的树林中

淹没了水泥钢筋筑就的中庭

这里没有年轻貌美的薄荷露珠

只有她　穿越全部生命　踏梦而来

这里有个年轻女子代替你

站在曾经碧波的水中

眼下枯叶铺地　沉甸甸的叶毯裹住她

枯枝绑住她的双手

或是你梦中的目光绑住了她？

你问　她们都是弗里达？

你血液中的猖狂　孕育出一对双胞胎

分别在现实和虚构中突破了你

青春张扬的弗里达　年老色衰的弗里达

白衣弗里达　蓝衣弗里达

紧身胸衣里　藏着滴血的心脏

听着：你们都是弗里达

一根石柱斜刺里　穿过中庭

那里她膝盖中取出的骨头

铸就了水泥脊柱

你脚踏着它　她脚踏着时间

从脊柱间的苍凉　曳衣而过

另一个你　在梦中　看到这一切

不是死　而是生　将你带到南美洲

两个弗里达　三个弗里达

紧蹙的眉毛连成飞鸟

熙熙攘攘　排空而来

来者和去者　带着尘世污泥

即使拽着诗歌的纯净

也拽来不堪的故事和

四分五裂的人生

她们站在犀利目光深耕过的梦境里

站在生死两个镜头的互相对视中

念道：我们都是弗里达

层层叠叠的记忆

像洋葱一样　　紧紧包裹核心故事

我们在最小的梦中睡去

在更大的梦中醒来

她说：记住　　我们都是弗里达

2018

微醉忆丹鸿

杯中酒　抓住她的锥形耳环

于是啜饮中的红唇转为乌

眼中的晶体　金刚石般的柔情

从侧面过来　钻她的瓷器

肉体是一个问题　谈及时

犹如拍岸的雪浪　成一片

或各种灾难

我和你　此刻考虑

将戒指缩成微粒

沉入酒盅里　以应付

婚姻带来的各种游戏

绝望的葡萄汁滑过舌尖

是否在血液中化为疯癫

以应付词语带来的完美主义

毗邻呕吐　体液的待续

……和耳鬓厮磨中的偷香

这是某日　座中的女子美颜以待

她们的笑　在空气中如何响鼓重锤

我们则讨论饶舌的爱

丹鸿　你的柔发白肤

让隔座的男人倾情

1999

2019 二稿

蹭车心得（或曰小车拐小弯）

——给西川

一辆小破车　换成

另一辆小破车　他

总是这样称呼自己的爱车

从一辆到另一辆　我都蹭过

蹭车的途中　我与一位诗人

大谈诗歌的形成以及

形成之后的形态　以及

诸如此类……

我们总是去赴作家的聚会

偶尔也是画家　归途中

我们总会谈起某些人的脾性

他作品的力量　乃至相反

或是乔伊斯的风格

或是洛尔迦的绿色小马

或是阿特伍德的衰老女人

或是叶芝与莫德·冈

小破车在雾霾或车流中航行

漂浮快活、忧伤或尖刻的词语

雨刷在脏水或浓雾的咽喉挣扎

舞动破碎、零星或爆破的词语

蹭车归途中　我与一位诗人

放纵自己松弛下来的

耐心　疑虑　厌烦

这些时刻　这些死皮的间隙中

冒出脱壳的想象力

散发光芒式地　散发幽默

可真轻松呵　可真过瘾

漫谈如鱼钩　钓出无数小鱼

它们一直潜伏　被酒精、谈话

（通常是无聊话题）

被酒精、谈话

长久浸渍的那颗心

那里　升起当月圆渐渐变成月牙时

慢慢浸渍的不明悲伤

当小鱼钻入小破车的轮廓

那里　月光跳跃一片水银

蹭车过程中

我目睹他的诗

开花开朵　开成鸟

开成八匹野马

我惊异他的诗

渐浓渐香渐璀璨

渐成世界地图

渐成火山口

我告诉你：

——不太多的夜晚

真的不太多

你已隐入黑暗

我还忍俊不禁

2018

与九诗人游镇江浮想记 [1]

一辆神秘马车　油顶乌篷

接你去郊外　不是踏青

不是会友　是穿越一片

云之杉　海之翼

哪一朝的浩气　笼罩山水

哪一种氤氲　琳琅声响

一浪叠一浪　涌来匝地

鼻烟壶的造型　堆砌两岸

金焦二山　有幻觉牵你

诗仙骑马　丝绸泻地

1　2016 年秋，与西川、姜涛、欧阳江河、韩东、宋琳、蓝蓝、
陈东东、臧棣、陈先发等九位诗人一起游镇江。

寺庙众多　香火更旺

谁的白衣白袍　被风浪鼓起

为什么我如此喜爱另一个世纪？

游招隐寺　登万岁楼

次北固山　题金陵渡

随八百里风甘露寺嗅香

走一千步到宝墨亭拭笔

登大茅山看如今纷纷流俗 [1]

哪一股春风扑面？

哪一位诗人曾照明月还？

斜阳镶就无数名字

点点映照在江面

珠串成金　这光

1　引自王安石《登大茅山》末句。

跃入后世　铸成一问：

为什么我们如此热爱某一个世纪？

"因为它如此遥远

因为我总是缺席"

一辆神秘马车　油顶乌篷

接我们去郊外　不是踏青

不是会友　是穿越一片

云之杉　海之翼

随九诗人来　等九地风过

八方难觅野人头 [1]

踱步　登临　四望

左边西川右姜涛

1　引自笪重光《过招隐寺》"青山应笑野人头"，"野人"
指隐居郊野之人。

欧阳韩东宋琳

蓝蓝东东臧棣

独揽　对坐　归返

先发后至　散步密林里

斜阳镶嵌众人的身影

飞鸟　已忘记云深处的栖地

缓缓　停步　沉吟

我们不再用文言写作

我们颠覆　试验　改造

把文字当成生活的肉身

去印证磨灭千古的　了无着落

现在　移步换景

观古人墨迹

然后　听今人评论：

为什么我们独爱此刻？

为什么我们心羡从前？

"因为　它将变得无限遥远

如同上一刻

已经变得不可企及"

老虎与羚羊 [1]

智者说：我醒了，你们还沉睡

他的弟子说

世界像老虎　在梦里

追着你追着你

世界的万物都像老虎

它们一起追赶你这只

细脚踝的羚羊

永恒的天敌绝不放过你

即使在梦中　即使在虚空

我慢慢读着马雁的诗

1　2021年大年初一，为"白夜"录制视频，读马雁《星星的姊妹》有感而作。

细嚼慢咽地把那些词语吞下

然后拧亮台灯　打开手机显示屏

那是我的面孔还是老虎的面孔？

老虎念着诗　而我动着嘴唇

她也是这样一颗一颗

吐出星星的瑰丽吗？

她也是这样被追赶着

被驱使着　被抓挠着

直至跌入黑暗？

她在黑暗中醒来

还是我在明亮中逝去？

那只老虎斜刺里冲出

抓住你　那只利爪

不！那是锋利的刀刃

刺进你的肉体

你被一缕透明的锋芒

一片一片剖开　化作光晕

星星就是这样亘古永久地

吐出一颗又一颗瑰丽

少男之殇

某个时刻　你出现

穿着褴褛　呆板

北方的寒凛下

少年之脸　像阳光

冲破浓雾的苍茫

二十年后　冲破舞台灯光

半掩的胸肌　凌厉的着装

肉体已臻完美　精神亦是?

唯有少年之脸　不能忘

这期间　发生了什么?

国运衰　世情浅

山林荒　河海污 [1]

怎一声长啸　就此交代?

歌与喉　刀刃与筋骨

鱼和水　尽皆交欢

我目睹二十年后的你

幻化二十年前的我

此时心情与彼时交换

二十年如电

这期间　发生了什么?

我看到肉体的转圜

映照时间之衰

绷带缠紧年轻的头颅

激情犹在　你踏歌而舞

大量的鱼　从口中蹦出

1　此四句引自日本诗人高桥睦郎致三岛由纪夫祭文,译者田
原。

蓝色布衣喷满白色残涎

少年之脸　丰饶如海

二十年后　他依然丰饶如海

二十年如电

这期间　发生了什么？

天地变　世道乱

人心悖　万物寒

只一声叹息　岂堪回望？

祭文一篇致少男之殇

致传统意义上的丰饶

致最迷人的青春之恋

致不匹配　向左向右皆危险的畸爱

致同性之爱　致男欢女爱

致暮年与青年之爱

致让一切消融的死生之爱

祭文一篇致时间

它消逝如电

它缄默如星

它谜一样在场

它掌控人间之爱

2019

去莱斯沃斯岛

月已没

七星落

子夜时

我独卧

女友吟此诗时　说

在危险到来之前

在黑夜割破空气之前

在花好月圆变成动荡生活之前

在同类的脚印渐渐稀少之前

我想去莱斯沃斯岛

移民去

买房去　或者

从第三方国度

绕行去

我也想——

但不是实体　亲身

而是抚着萨福的羊皮书页

入梦而去

弹琴而去

腾云而去

御剑而去

土遁而去

驾诗而去

分身为二　麻痹的性别

留在原地　活跃的欲望

分裂出去　黯淡的思维

留在原地　自由的呼吸

分裂出去　我去

为了让心代表我的身体

躺在莱斯沃斯岛

从脚趾到发尖　享受最纯净的阳光

在萨福的诗行中撒欢穿行

每个字　每个词

都拍散我的全身

去莱斯沃斯岛的路

有很多条　可乘船

可飞行　可裸泳

我只选一条：

附着于羊皮纸页

去往蓝色海水簇拥的岛

去探访我们的元诗？元性别？

它们并非匍匐在地

数以兆计的沙粒

形成莱斯沃斯岛

白色沙粒内心倨傲

地球由海水组成　也由土地

沙粒无处不在　它们并非匍匐在地

地球由土地组成　也由沙粒

我听见海水拍打

将沙粒拍成坚固的岛屿

我听见：无数白沙缓缓而至

一波又一波　没有终止

虽然被垃圾裹挟着

它们绝非匍匐在地

与莱斯沃斯岛共生

与萨福共情

无数白沙缓缓而至

2019.11

阿赫玛托娃的漫步

她漫步到这片淡墨杉林

冷银色面孔，微蹙着眉

峭厉如割的寒风未见减退

从黄昏到暮色降临

她有一片赤诚要献出

灿烂如酒　却无人认领

纤瘦犀利的身体里

是终日焚烧的香炉

芬芬，四溢，稀薄的颜色

我嗅出　我肯定：

她是，她永远是阿赫玛托娃

2020.8

无常 [1]

——读尤瑟纳尔《三岛由纪夫，或空的幻景》

无常　就是空的幻景

三岛由纪夫用死亡来说它

尤瑟纳尔用词语来说它

死亡可以低廉也可以高贵

幻影可以华美也可以衰败

1　这是一首献给尤瑟纳尔和三岛由纪夫的诗；这是一首关于死亡的诗。写这首诗的那几天，在微信上读到艺评家、策展人黄专去世的消息，心里非常难受。我与黄专不是朋友，仅为相识，有过合作。但一直觉得他是一位非常优秀、独立、高贵的人，一个对艺术执着以及有着独立见解和判断的人。读到他临终前写就的《诀别的话》，非常震动。他是一位看透生死、透彻澄明的人。直面死亡，视死如归，让人尊敬，让人动容，使我想起文学圈的同类人陈超。天不假好人以寿，但他们独孤求败之境界和身影，必定对世人影响重大。这首诗也献给他们。

"每朝悟死，死便无惧"

十八世纪的典籍告诉我们

"熟悉死亡以及死得其所"

上个世纪的诗人告诉我们

我去过三岛由纪夫的纪念馆

也去过哈德良的宫殿

但是，没有去过尤瑟纳尔的"怡然小筑"

"喂，你译成'怡然'有没有想过别的可能？"

在怡然小筑里思考无常

使"怡然"也变成一种大的空幻

一弹解千愁

一刀取人头

肉体性质的销蚀快意

是否能成为摆脱厌倦的猛药？

身心融化　释放

是否类似花朵的盛开　折断

以及轻快坠地

如同被痛苦研磨的心灵

一朝受损　便会趋向双手合十

或者　蹭掉那一层叫作"恐惧"的表皮

日出时　坐在一垛蔷薇下

等待被美窒息而死　当你凝视那些照片：

黑色戏剧　黑色时间和黑色表情

黑色竹箭和黑色额带

死变得如此具体　如此富于表演

如同太阳的热度和色彩的绚烂

如同一盘毒品端到你面前

尤瑟纳尔　或者别的什么研究者

我们怎样面临食物？

空气和健康的体魄?

我们怎样因活而空　又因空而死?

2016.3.18

如是令

——为了幸福她必须熟读婚姻法

为了婚姻她必须熟读中国

明万历　如是生

出自书香　鬻于娼寮

多么熟悉的故事

一代又一代　峨眉终成氤氲

大垂手的故事

小蛮腰的故事　一向如此

明崇祯　男人被允许走进她的心

"与你作长夜之谈

让我在你卧榻熟睡

桃衫倚醉牵"

继而　她抽刀断古琴

明崇祯　改姓柳　字蘼芜

仰头看青春

青春并不如是

倏忽间　一个女人嫁给了东风

西风自不言语

明弘光　投水于南京

水凉　心凉　天地凉

更有凉薄之人　倒戈之师

如是扮装　妆成前朝典故

纵马长江　鼓于军中

多年以后，人们开始追忆

一群女人的忠贞与苦涩

她们出身低贱　肉体难以检点

内心迸发处女尖叫

时间读她们

读到皮肤发紫发黑

读到早晚变薄变硬

读到形体透明无形：

那些基因相同的蕨类植物

身披伪装、匍匐在地

随时立起身、又随时被踩下去的

那些蕨类植物

那些基因相同的蕨类植物

伏于草莽　　低于尘埃

时时衰枯　　又时时飞扬的

那些蕨类植物

一代又一代

为了幸福她必须熟读婚姻法

为了婚姻她必须熟读中国

2015.9—2018.9

辑四

那一小句

当我还很小

我曾经走进母亲的衣橱

我曾经小到只占据衣橱的缝隙

我缩微成一小颗纽扣

只希望贴在她的胸前听她的心跳

我曾经拄过那根拐柱

赤身裸体靠在木架上

有东西伤害我时　我就变到很小

小到让世人看不见我

我的视力却可以观察整个宇宙

我曾经穿过那件紧身衣

它掩护我躯体的伤残

我不想勇敢，我想倒地不起

但那坚固的形状护我起身

世界不再无声　噪声迫害我

我想躲进她的耳朵里蜗居

但她却发出更大的呵斥声

如图所示　我曾浸进浴缸

温水淹没至我的头顶

一室的火星溅出窗叶

那双手把它们捧起　滋润我的眼睛

世界依然危险　当我向晚年靠近

我能否拿起笔墨　向黑暗致意

我能否写下牌子　写下地址

写下日期　然后写下：闲人免进

寻找

我几乎怕看这样的场面但常常看到

在一大片褐土上双脚站立寻找的土拨鼠

双脚站立　它们在狂风中寻找

它们寻找却不知道

它们要寻找什么　它们寻找

我也曾双脚踮立地寻找

我现在累了，倒地寻找

如果找到了　我更加茫然无解

如果找不到　我必将终身抱憾

伤害

让我来谈谈伤害

虽然我不愿谈及

一次又一次的痛感

伤害源远流长

来自人类之初

为了一块食物　一张皮

一口水　或者一次性交

我们彼此争斗

扔石头　掷长矛　血流遍野

那只是身体之痛　皮开肉绽之痛

不是剜心之痛……

动物还在撕咬　吞吃彼此

人类却已文明　穿着华服盛装

伤害变得像树荫下的影子

半明半暗　亦正亦邪

随阳光移动　虽然属于黑暗

伤害升级了　不仅仅是肉体——

那是通过训练可以承受的

无法承受的

是来自身的感知

那绵长的痛

伤害是一种体温

发出高热

是为了提醒感知

疾病就要来临

"我们不能驾驭伤害

就像我们不能驾驭死亡"

我们只能吞吃感冒胶囊

敲打头部　刮自己

烫自己的脚

从身体内部剔出伤害的毒素

然后　穿上华服盛装

进入精神交媾的场所

在亲密的晚餐中

辨识看不见的暗流

等待终将到来的刺痛的信息

用我的骨头去拉住那些可爱的小手

它们并不值得信任

成人或儿童

邪恶的成人

藏在未发育的儿童体内

于是更加邪恶

天真的成人

藏在历经沧桑的面孔后

于是更加天真

邪恶和天真

像双胞胎

有着同样的表情

邪恶和天真

大多数成人

都想留住青春

大多数儿童

都急于成人

这一切源于苹果熟了

落叶烂了　月亮瘦了

病人醒了

或者

天变高了

或变矮了

一首骨感的诗怎样形成

一首瘦骨叮当作响的诗

如一匹瘦骨敲起来

铮铮发亮的马

它碎步而来　皮肤像金属

反射美丽光芒

骨感无赘肉

剔净无用之物

深深的呼吸中

一首骨感诗

刺入肋中　隐隐让人作痛

因为瘦　敲起来当当当

其声如鹤鸣　如蝉啸

刚烈如风中旗

它围着作者

它的鬃毛作乱

一根又一根　弹奏出

铜绿色声响

让听者激荡

2018.4.18

规律与法则

鸟吃虫　车吃鸟

锈吃车　有机物吃锈

无机物吃有机物

这是有机世界的规律

爱人吃你　你吃爱你的人

爱你的人又去吃那些奢爱的

爱人必被爱吃

这是无机世界的法则

老照片

整理一堆行将老去的痛苦

整理一页又一页的陈年伤痂

整理红肥绿瘦的表面风光

整理被渍出最后一缕色彩的记忆

一页翻过去，是尘土掸掉的绿斑

又一页翻过去，是止痛片锈蚀过的红颜

一页踩上去眼花缭乱，分不清被忧伤追赶到

哪一层天？还有一页舞蹈至血红面白

还有一页疯狂的酒精穿行在不同的身体表面

一页浅黄一页深黄

我在不同的城市发红发绿

不同的风景看上去很美，

不同的洗印凌乱成碎片

一页五彩缤纷一页黑灰微妙

不同的我在同一种状态下大笑

此时我听见那笑声的穿透力

如同身体爆开一枚燃烧弹

2013.5.3

干眼恐慌

当我眼红时

并非要流泪，相反

我眼腺已干

遵医生嘱，熏眼每天

未了　流出十五格

与常人无异的泪点

干涸的土地存不下区区之水

干涸的眼睛也如是

泪去泪留　与一生无关

在喷雾器中放入菊花、大枣和枸杞

放入已无颜色的幻觉

放入一大块回忆加祈祷

这样的滴漏时代

这样的水银日子

我向你要一滴眼泪而不得

我还能要什么更多的?

虽有泪囊却犹如布袋

仿佛肉身虽在　灵魂抽空

49301 次闪电

——2008 年 8 月某夜

大雨滂沱，闪电频发

报载：那一夜共计 49301 次电闪

49301 次闪电排列着

跨过天空　每一次

敲打大地神经

每一次　让成都体露金风

49301 次火闪

老天口吐金蛇

是要告诉我们什么？

舌头舔了又舔

暴雨之后　它告诉大地什么？

这是另一种语言

暴雨下了又下

舌头舔了又舔

三天三夜

屋内的人已开始发芽

水汽沿着玻璃窗逃跑

留下重量

在屋内发芽的人

看见大地隆起难看的泥浆

白色靴子步步生花

天空张开大嘴

有些山坡不见了

有些房屋不见了

城市的五官　　眼睛也闭上了

鼻孔也过于向上

水，无处流淌

水，聚在一起变成力量

一连三天闭目

一百年的孤独也只有三天

三天变成大火

老天究竟要告诉我们什么？

2008—2013

致一对新人

这是鸳鸯和野鸭子的故事

这是凤凰和比翼鸟的故事

这是城堡和茅屋的故事

这是戒指和草环的故事

这是古代遗传至今的病症

这是反复发作的情感焦虑

这是人们越想摆脱却越是

被缚在一起的巫术、仪式

这是上帝或者神灵广施魔力

将一颗心摁进另一颗心的模子里

这是全部的美丽和愚蠢

这是不分种族不分贵贱

不分性别不分轮回的

浪漫与危险

犹如英雄上路寻找金羊毛

犹如长剑脱手寻找刀鞘

这是一曲壮歌献给

矢志不渝的爱情

它俯首就缚在

一个古老庄严的仪式里

这是一首劝诫诗

或者一首赞美诗？

——以此祝福我嫉妒的

一对灵魂伴侣

2015.2.5

死有不同的版本

有一种版本是暴力

如同当头棒喝

击打敌人和自己

如同狩猎　瞄准对象

用锋利如宝剑的狠劲

淬炼那一瞬间

另一种版本是蝉蜕

身心俱从现实脱落

无念无感

形影不被确定

太阳落山　余下黑暗

无边无际的大宁静

有的版本是长痛

关于这点　很多人等待已久

这是漫长的赛程

从母亲分娩时

一直痛到难以分辨

无论以爱的形式

甜美的形式

幸运的形式？

生命不外乎这些选项

看起来很多

其实　没得可选

2017

人生流转

寿高多辱　当我睡下

你必不可唤醒我

这颗老皱　腐浊

血流缓慢的心脏

此刻我的愉悦

必如混沌　急于回至母体

蜷缩　无知无觉

急于降生　你便知

我急于离开

沿着老迈之血匆匆返回

我停止生长　骨疏筋缩

姿态已难看　只有梦里

迷人而无羁

此刻我的愉悦

必如快乐之婴　猛然伸展

必将四肢百骸伸开

去撕裂天空　去吞吐

你便知　我并非贪恋此身

沿人生椎骨爬行

到中部或上部？

中年或壮年？

灵魂已磨损至粗粝疲尽

曾经喜爱的˙已让人厌倦

人人在此骨节间丧失

不管能否察觉（丧失）

所追求的　所得到的

此时仅脑子还算灵活

必如少年璀璨　渴求运转

那节骨眼上　不知前程遥远

也不计算

山穷山尽不到老

你便知　我不再攒劲

去争取赢字

在一生之路

总有个赛末点

坐看　来来往往人

走向南　走向东

走向北　走向西

有人与你　在此点失散　有人还在

有人扯你到沟渠　有人陪伴

有人称为朋友或敌人　在此交换

你便知　都不重要

高下或对错

也在这个点上涣散

老年和青年

也在此点擦肩经过

奔向最后终点：

老人说：人生如流水线流转

你我只是来一个扔一个的废品

唯有机器不停地运转

年轻人唱：人生如流水线流转

你我都将被岁月抛光锃亮

唯有机器不停地运转

2017

在睡眠和死亡之间

存在着一团雾气　一团空虚

当我在一切睡眠图景中

看到死亡的推远和靠近

在睡眠和死亡之间

有什么东西重复着　日复一日

它们都是人类的亲密关系

共谋着　掌握着生命的知识

在睡眠和死亡之间

飘浮着一团致命的诱惑

它如果不是黑色与混沌的

起码也在模仿着

模仿着生命起源的种种恐惧

在睡眠和死亡之间

总会泛起云朵、泡沫、静物

它们是彼此之间的距离

还是建立着日复一日的融合？

在睡眠和死亡之间

摆来荡去的　是否一场关于

黑暗的试验　试试谁

更深、深、深至无限

在睡眠和死亡之间

年轻和衰老的面孔同时出现

我向睡眠学习死亡

也愿死亡像睡眠一样自然

2021.2.28

那一小句

那一小句

如快刀切物

那一小句　如青眼剪拂

白眼看天时　万物缄默不语

六道中有此种种

我不寻找　我发现

出门路上

进一院落如进城池

观一建构如观一生所遇

观众生相　如观一人

观时间如观天堂地狱

皆在人间

在更长的时间中讨论

去读天空抽象的诗行

去读转折、围合、形式、逻辑

冷冰冰的诗行

灵感、私密、魔幻、惊异的基本词汇

把情感、美、时间传达给人类

去读天空抽象的诗行

去读临水、凭轩、广观、悉见

走进得其意的空间

展开忘其形的诗句

更多的是阴影、圆缺

承载声息、默诵和屏气

零空间　零想象　零建筑

零　就是零落入泥

就是把多年的风景

换成零年的视角

那一小句

关于建筑的前世今生

有人写得精致烦冗

有人写得微言简练

2018.1.5

这首诗

我无法用岁月静好的诗篇

来描述我看到的那些：

我无法把白茫茫的一片

转化为雪片一样轻的字句

白色口罩遮住涌上喉头的味道

那是恐惧，绝望从心底冒出的味道

不但是穷人，也是富人，

甚至包括官人的味道

东及于海　西至流沙

北到长城　南逾岭表

病毒不辨地理，不分贵贱，无差异杀人

八万里晴空　九千里振翅

钻进湿润的黏膜　钻进

人类的呼吸道　钻进

红色肺叶，使之变白　变黑

无嗅　无味　轻于空气

重于尘埃　飘浮于此岸

我无法用祈使句的表达

来描述我感知到的那些：

我无法将寒灰死火

人去楼空的景象

变成新闻报道中的阿拉伯数字

一次次的洗手　忆起多年前的水温

那水中的毒素　至今浸润着宿主的血管

白色口罩遮住了所有所有的脸

他们全都变成同体同命的"代价"

当视线焦点聚集在满天的白色中：

在设置的情绪调整器控制下

那无孔不入、势若破竹的绝望

被暂时挡在门外　与细菌一起

至道无难　却又难上加难

没有任何移情测试能够转圜

我无法用失控的激情

来吟诵"战争"的胜负

我也无法驰援被感染的城市

只能阖目枯坐　心灵潜伏着巨兽

似要蠕动出一股野蛮：

给那些无主的手机

建构出一座座网络墓园

这首诗终于无法写成该写的模样：

面对那些愤怒，悲怆，指责，谎言

面对护目镜，求助的声音，救护车以及

跟在后面奔跑的家人

面对剃光头的护士　以及她们

眼角的泪光　　以及另一些女孩的勇敢微笑

面对口沫横飞　　四面八方的横幅

以及以正义之名踢翻的桌椅

面对每天的体温表

（某些时候它佩上了红袖章）

面对呼吸机　　以及

病床上传出的呼救声

面对无人认领的手机和

来自一万五千米高空上的训斥

面对电脑屏后如同插电的万亿眼神

这首诗不能　　也无力写出它该有的模样

2020.2.15—2020.2.18

一年中最冷的一天
——写于 2020 年清明节

一年中最冷的一天　陌上白花

浑浑噩噩　开了

像浑浑苍苍的躯体　踽踽独行

柳叶刀 割开黑色裂缝

伤口已然止血

只剩层层白纱　如密密补丁

包裹嘴唇

白色最深处

是无法企及的未知

是天知道的密码

2020.4.4

病房

在白房间里端坐

脆弱多病的冬天也端坐

我听见来自各种物类的议论

各种器皿器械的低泣

各种丑陋赤足奔来

要求与我亲近　为我诊断

你们谁能还我新鲜双肺？

还我不被口罩遮住欢快的脸？

还我不向死亡臣服的决心？

或者　还我安静平稳的呼吸？

我模仿石头　但灵魂已出窍

我的周围是一片橡皮人生

坐在一堆白色里如同坐碎玻璃

谁来为我解剖一整天的恐惧

谁来为我缝合枯叶般抖落的灵魂残片？

我端坐　如一大片玻璃透明

幽闭症

拍门声阵阵响起

请让我出去

列车车厢颤抖着

大声地喘气

无数双手在击打

那是向死而生的旋律

它诉说求生的欲望

当生被死隔离

那是最高形式的恐惧

曾有同样的肉掌敲打

毒气室的墙壁　同样的肉掌

曾经敲打能看见风景的玻璃

美丽原野也被隔离在玻璃以外

成为顽固的静止磐石

拍打成为唯一能做的事情

为幽闭的内心挤出一道门缝

请让我出去

无数肉掌拍打漆黑的大海

波光平静的海　也如顽固的磐石

钢质船体早已柔软　缆绳

亦如细细的血管　垂下

只有身体　唯有身体

幽闭在水中　犹如

幽闭在琥珀中的昆虫

静谧　安详

却依然拍打着四壁

请让我出去

一扇门板在楼道上矗立

像树脂化石把我们包裹其中

像沉淀物　我们的身心缓缓沉到地底

仿佛回到白垩纪

再次与矿石为伴

内心充满水滴

在谣言中上升　在真相里下沉

幽闭在钢筋水泥器皿中

不易燃烧　只能被讯息不断抚摸

或被馏成杀毒灭菌的一点尘粉

2020

黑色纸蝶飞舞

黑色纸蝶飞舞时　那些被

一根火柴焚毁的纸片

慢慢腾起　好像一个时代倾覆时

腾起的火山灰尘

那些粉尘落到某个人的身上

并非山一样沉重

而是空气一样轻盈

爱、青春、奉献

信物、誓言、真理

这些字词从火焰中飞升

脱离了意义的羁绊

飘向上一世纪的隧洞

像那些道具孔明灯般飞升

火焰腾起的灼人温度

也属于上一世纪

甚至　上上个世纪

本世纪属于 V 字手势和表情包

属于弹幕与抖音

黑色纸蝶　飞舞进美颜视频

久负盛名和小确幸

久负盛名的出版社

高昂着他们的盛名和头颅

对于作者和读者　他们同样

展开冷漠和遗弃的神情　不再定义

小确幸的出版社并不这样

他们小心翼翼地搜集着数据、流量

掌握着高傲和确幸之间的

细密关系　掌握着亲疏距离

在久负盛名和小确幸出版社之间

徘徊着旧时代的炼金术士

他们在语言的实验室里

摆弄着盛满诗意的瓶瓶罐罐

他们并不知道　窗外

白昼的界限已被突破

这些和那些的规则已变为

凝胶般的无序

世界已被加密而进入虚拟

窗内的炼金术士们

不知道这些　他们还在因一阵风

夭然而笑　又因另一阵风

礼赞阴翳

我手握一摞诗稿　用五年的

举头低头　来应付句法的突袭和暴力

现在　站在十字路口

在小确幸和久负盛名之间

等待红绿灯　嗯、嘘、呵

——突然，纸页、诗

或曰信息、或曰数据

飞向天空　　那里有一个更大的空间

或者　　更大的虚无　　更大的数据

那里一切都是虚拟

因而最终成为真实

2021.3.19

广袤星空　广袤荒漠

亿万年的爬行只是孤独一梦

一页 folio

始于一页，抵达世界

Humanities · History · Literature · Arts

出品人　范　新

出版统筹　恰　恰

特约编辑　苏　骏

营销编辑　张　延　戴　翔

版权总监　吴攀君

印制总监　刘玲玲

装帧设计　陈威伸

内文制作　陆　靓

Folio (Beijing) Culture & Media Co., Ltd.
Bldg. 16-C, Jingyuan Art Center,
Chaoyang, Beijing, China 100124

一页 folio
微信公众号

官方微博：@一页 folio｜官方豆瓣：一页｜媒体联络：zy@foliobook.com.cn

© 翟永明 2022

图书在版编目（CIP）数据

全沉浸末日脚本 / 翟永明著 . — 沈阳：辽宁人民
出版社；桂林：广西师范大学出版社，2022.1
ISBN 978-7-205-10306-4

Ⅰ.①全…　Ⅱ.①翟…　Ⅲ.①诗集-中国-当代
Ⅳ.① I227

中国版本图书馆 CIP 数据核字（2021）第 217727 号

出版发行：辽宁人民出版社
　　　　　地址：沈阳市和平区十一纬路 25 号　邮编：110003
　　　　　电话：024-23284321（邮　购）　024-23284324（发行部）
　　　　　传真：024-23284191（发行部）　024-23284304（办公室）
　　　　　http://www.lnpph.com.cn
印　　刷：北京中科印刷有限公司
幅面尺寸：130mm×200mm
印　　张：6
字　　数：120 千字
出版时间：2022 年 1 月第 1 版
印刷时间：2022 年 1 月第 1 次印刷
责任编辑：盖新亮
特约编辑：苏　骏
装帧设计：陈威伸
责任校对：吴艳杰
书　　号：ISBN 978-7-205-10306-4
定　　价：52.00 元